VENTE

Du Jeudi 29 Mars 1900

HOTEL DROUOT, SALLE Nº 11

DESSINS ANCIENS

ENCADRÉS

La plupart de

L'ÉCOLE FRANÇAISE; XVIIIᵉ SIÈCLE

Gouaches, Aquarelles, Pastels

Mᵉ **SANONER**, COMMISSAIRE-PRISEUR

M. E. **GANDOUIN**, EXPERT

IMPRIMERIE ARTISTIQUE
MÉNARD & CHAUFOUR
1 & 10, RUE MILTON
PARIS

Étude de **Me SANONER**, Commissaire-Priseur

à Paris, y demeurant, 4, Square La Bruyère

VENTE AUX ENCHÈRES PUBLIQUES

DE

DESSINS ANCIENS

ENCADRÉS

la plupart de

L'ÉCOLE FRANÇAISE, XVIIIe SIECLE

Gouaches, Aquarelles, Pastels

DONT LA VENTE AURA LIEU

HOTEL DROUOT, SALLE N° **11**

LE JEUDI 29 MARS 1900

A 2 heures 1/2 précises

Me SANONER	**M. E. GANDOUIN**
COMMISSAIRE-PRISEUR	EXPERT
4, Square Labruyère, 4	40, Avenue Wagram, 40

Chez lesquels se distribue le présent Catalogue

EXPOSITION PUBLIQUE

LE MERCREDI 28 MARS 1900

DE 1 H. 1/2 A 5 H. 1/2

CONDITIONS DE LA VENTE

Elle aura lieu au comptant.

Les acquéreurs paieront *cinq pour cent* en sus des prix d'adjudication.

L'exposition mettant le public à même de se rendre compte de l'état et de la nature des objets, il ne sera reçu aucune réclamation une fois l'adjudication prononcée.

Paris. — Imprimerie Artistique Ménard et Chaufour, 8-10, rue Milton

DÉSIGNATION

DESSINS ANCIENS

1 — ARMANI. *La Sculpture*. Précieux dessin à la sanguine.

2 — BARROCCIO. *Nativité*. Plume et bistre. Très curieux cadre sculpté.

3 — BOUCHER (François). *Kiosque rustique avec figures*. Charmant dessin d'une précieuse exécution. Pierre noire. Cadre bois sculpté.

4 — BOUCHER (Fils). *Jeune enfant tenant une grappe de raisin*. Sanguine.

5 — BOUCHER (d'après F.). *Le Lever*. Sanguine.

6 — CASANOVA. *Bergers et troupeau* Au bistre. Signé.

7 — CARESME (Philippe). *Satyre prisonnier*. Pierre noire et crayons de couleurs. Cadre bois sculpté.

8 — CARMONTELLE. *Louis-Philippe d'Orléans*. Pierre noire, crayons de couleur et gouache. Cadre bois sculpté.

9 — CARMONTELLE. *Portrait de femme*. Crayon noir et pastel.

10 — CASANOVA. *Pont rustique*. Crayons de couleur.

11 — CASANOVA. *Paysage, Animaux, Figures*. Pastel.

12 — CLAUDE LE LORRAIN (Demarne d'après). *Le Campo Vaccino*. Très beau dessin à la plume et sépia. Cadre sculpté.

13 — CLODION (Claude Michel, dit). *Bacchantes dansant*. Plume et bistre.

14 — CLOOS. *Vaisseaux par un temps orageux*. Encre de chine sur bois. Signé.

15 — COCHIN Fils (C. N.). *Portrait d'homme, profil*. Pierre noire.

16 — COCHIN Fils (C. N.) *Portrait d'un prêtre*. Dessin à la mine.

17 — COURVOISIER. *La Malmaison*. Importante

gouache ornée de nombreux personnages dont Bonaparte.

18 — CUYP (ALBERT). *Vue d'une ville hollandaise.* Crayons de couleur.

19 — DELAROCHE (PAUL). *Portrait d'homme en buste.* Crayon Conté, estompé. Signé, daté 1843.

20 — DENON (Baron VIVANT). *Têtes d'étude.* Crayon Conté et estompé.

21 — DEMARTEAU (G.). *Henri IV vu en buste.* Sanguine.

22 — DESFISCHES. *Village au bord d'une rivière.* Crayon et lavis. Cadre bois sculpté.

23 — DUFLOS XVIIIe SIÈCLE. *Portrait de femme en buste, vue de profil.* Sanguine. Cadre bois sculpté.

24 — ÉCOLE FRANÇAISE. *Jean-sans-Peur duc de Bourgogne.* Gouache sur vélin, ex-collection de Vesvrote.

25 — ÉCOLE FRANÇAISE XVIIIe SIÈCLE. *Contrat de mariage.* Importante et charmante composition au lavis de sanguine.

26 — ÉCOLE FRANÇAISE XVIIIe SIÈCLE. *Repas de noces.* Charmante composition dans la manière de LAJOUE. Au lavis de sanguine.

27 — ÉCOLE FRANÇAISE XVIIIᵉ SIÈCLE. *Jeune femme en buste coiffée d'un chapeau de paille.* Pastel.

28 — ÉCOLE FRANÇAISE XVIIIᵉ SIÈCLE. *Combat naval.* Dessin au lavis dans la manière d'un des Ozanne.

29 — ÉCOLE FRANÇAISE XVIIIᵉ SIÈCLE. *Cascatelles de Tivoli.* Au lavis rehaussé. Deux vues, même cadre.

30 — ELSHEIMER (Adam). *Phileas trouvant Chloé.* Plume.

31 — FRAGONARD (Honoré). *Roches et Solitaires.* Très beau dessin à la sanguine.

32 — FRAGONARD (Honoré). *Intérieur de Parc.* Beau croquis du premier jet. Plume et lavis.

33 — FRAGONARD (Honoré). *Danse à la Guinguette.* Croquis d'un brio superbe. Plume et bistre.

34 — GHEYN (Jacques de). *Diane.* Vue en buste de profil. Plume. Cadre ébène.

35 — GOYEN (Jean Van). *Groupe de personnages.* Pierre noire.

36 — GRANET. *L'Admission au refuge.* Aquarelle. Signée.

37 — GRAVELOT (Hubert). *Une Répétition.* Plume
et bistre.

38 — GREUZE (J.-B). *Tête de vieillard.* Sanguine.
Cadre sculpté.

39 — GRIENT (C. de). *Vaisseaux par un temps calme.*
Lavis aquarellé. Signé, daté 1775.

40 — HOET (Gérard). *Jacob quittant Laban.* Montage
ancien de Mariette. Plume et bistre.

41 — HOIN. *Mme Dugazon.* Représentée vêtue d'une
robe à paniers. Pierre noire rehaussée.

42 — HUBERT (Robert). *Temple de la Sybille et
Vallée de Tivoli.* Sanguine.

43 — HUBERT (Robert). *Ruines romaines et personnages.* Sanguine. Cadre bois sculpté.

44 — HUBERT (Robert). *Masures et Lavoir sur la
Bièvre, à Paris.* Sanguine.

45 — HUET (J.-B.). *Leçon de chant dans un parc.*
Plume et aquarelle. Cadre bois sculpté.

46 — HUET (Jean-Baptiste). *La Correction.* Plume
et lavis.

47 — HUET (J.-B.). *La Gourmandise.* Scène chinoise.
Crayon et lavis. Cadre ancien.

48 — HUET (J.-B.). *Veau.* Etude à la mine. Signé.

49 — HUET (Cristophe). *Chiens gardant du gibier.* Deux pendants. Pierre noire rehaussée. Signé, daté **1768**.

50 — INCONNU XVIIIᵉ SIÈCLE. *Portrait présumé de Elisabeth Petrowna.* Pierre noire rehaussée.

51 — ISABEY (J.-J.). *Promenade en barque, les frères Redouté et l'auteur.* Plume et sépia.

52 — LAJOUE. *Scène allégorique.* Motif de décoration. Plume et lavis.

53 — LANCRET (Nicolas). *Jeune femme asise.* Sanguine. Joli cadre bois sculpté.

54 — LARUE. *Ronde d'amours.* Importante composition. Plume et bistre.

55 — LE BARBIER (Ainé). *Enfance de Daphnis et Chloé.* Plume et bistre.

56 — LE DRU (Hilaire). *Portrait d'un conventionnel.* Pierre noire. Cadre bois sculpté.

57 — LEMOINE (J.). *La Lecture.* Composé de deux figures à mi-corps. Au crayons noirs et de couleurs.

58 — LEMOINE (Époque Louis XVI). *Portrait d'homme en buste.* Lavis et aquarelle.

59 — LEPRINCE (J.-B.). *Homme debout.* Pierre noire rehaussée.

60 — LESUEUR. *Paysage, scène antique.* Pierre noire signé, daté an IV. Cadre bois sculpté.

61 — LOCATELLI. *Vue du Lac Albano.* Sépia.

62 — LOUTHERBOURG. *Troupeau et Bergers.* Plume et bistre.

63 — LUSURIER (Catherine). *Tête de jeune paysanne.* Crayon noir rehaussé.

64 — MALLET. *Jeune veuve.* Gouache. Signée.

65 — MARILLIER. *La Musique.* Très beau cartouche à la plume et au bistre. Signé Marillier, *invenit.* Cadre bois sculpté.

66 — MARILLIER. *Forêt habitée par des singes.* Mine d'argent sur velin. Cadre bois sculpté.

67 — MICHEL-ANGE (attribué à). *Tête d'homme.* Au revers nombreux croquis. Plume.

68 — MIÈRIS (François). *Bacchante dansant.* Beau dessin à la mine. Cadre bois sculpté.

69 — MIERSCH (J.). *Retour de l'enfant prodigue.* Précieux dessin d'une remarquable exécution. Au lavis. Signé, daté 1770.

70 — MONPER (Josse de). *Pays montueux et cours d'eau*. Plume et bistre.

71 — MONNET. *Comte de Marigny protecteur des Beaux-Arts*. Frontispice. Plume et lavis. Cadre sculpté.

72 — MOREAU (le Jeune). *Fourré dans un Parc*. Lavis rehaussé de gouache.

73 — MOREAU (Louis). *Bords de rivière et Moulin à eau*. Deux paysages à la gouache avec personnages en promenade. Cadre en bois sculpté.

74 — NICOLLE. *Vue de Rome*.

Vue de Naples. Deux aquarelles rondes.

75 — NILSON. *Amours présentant des cartouches*. Deux croquis même feuille.

76 — OZANNE (Le Jeune). *Barques de pêches entrant au port*. Au lavis.

77 — PATEL (Le Vieux), *Route de France*. Gouache. Cadre bois sculpté.

78 — PATEL (Le Vieux). *Paysage*. Gouache. Cadre bois sculpté.

79 — PERIGNON. *Vue de l'acqueduc de Marly et des bords de la Seine*. Signé. Gouache ornée de personnages. Cadre du temps.

80 — PERNET. *Paysage et ruines.* Aquarelle. Cadre bois sculpté.

81 — PIAZETTA. *Tête d'homme porte-drapeau.* Pierre noire rehaussée.

82 — PORBUS (Attribué à). *Portrait d'un maréchal de camp.* Plume et indigo. Cadre ébène.

83 — POUSSIN (Nicolas). *La Femme adultère.* Pierre noire et sanguine rehaussée.

84 — PILLEMENT (Jean). *Roches à Marcoussis.* Crayons de couleur. Signé du monogramme et daté 1800.

85 — QUEVERDO. *La Toilette.* Plume et lavis, Cadre sculpté.

86 — RAOUX. *Pygmalion et Galathée.* Plume.

87 — REMBRANDT (Attribué à). *Judith dans la tente d'Holopherne.* Plume.

88 — RESTOUT. *Village.* Pierre noire rehaussée. Signé.

89 — RICCI (Sébastien). *La Vierge au rosaire.* Importante et belle composition. Cadre bois sculpté.

90 — ROEHN. *Reddition d'une ville.* Plume et sépia. Signé.

91 — ROSA-SALVATOR. *Paysage montueux*. Pierre noire. Cadre bois sculpté.

92 — RUYSDAEL (Jacob). *Paysage de frise*. Plume lavis bistre. Cadre rond ébène.

93 — SAFT LEVEN (Corneille). *Vallée du Rhin.* Gouache.

94 — SANÉ (XVIIIe siècle). *Tête de jeune homme*. Pastel. Cadre ébène.

95 — SCHINDELANS (H.-P.). *Paysage et animaux de basse-cour*. Belle et importante composition aquarellée. Signé.

96 — SOLIMÈNE. *Apothéose de l'Amour*. Lavis et aquarelle. Marque de collection.

97 — STORCK (Abrahma). *Bords de l'Escaut*. Plume et bistre.

98 — TIÉPOLO (Dominique). *Apothéose de sainte Rosalie*. Plume et bistre. Signé.

99 — TRÉMOLIÈRES. *Naïades et Tritons*. Pierre noire rehaussée. Signé, daté 1737. Cadre bois sculpté.

100 — VELDE (Guillaume van de). *Barques sur l'Océan*. Plume et bistre. Cadre bois sculpté.

101 — VELDE (Guillaume Van de). *Barques sur l'Océan.* Bistre. Cadre bois sculpté.

102 — VERDUSSEN. *Rendez-vous de chasse.* Jolie composition à la plume et lavis de sanguine.

103 — VERNET (Carle). *Mousquetaire à cheval.* Mine sur velin. Signé daté 1778.

104 — VERSCHURR. *Étude de chiens.* Pierre noire. Signé.

105 — VIALY. *Jeune femme tenant un chat.* Pastel. Signé. Beau cadre en bois sculpté.

106 — VIANELLA. *Vue aux environs de Naples.* Sépia. Signé.

107 — VIANELLA. *Côtes de Calabre.* Sépia. Signé.

108 — VINCENT. *Portrait de l'artiste.* Pierre noire et estompe.

109 — WEIROTTER. *Village au bord d'un cours d'eau.* Plume et bistre.

110 — WICAR. *Apollon,* d'après l'antique. Crayon Conté.

111 — ECOLE ALLEMANDE XVIIIe SIÈCLE. *Funérailles d'un Prince.* Remarquable et curieux dessin où sont représentés tous les corps de l'Etat précé-

dant et suivant le char funèbre. Plume et lavis. Cadre guilloché.

112 — REMBRANDT (ÉCOLE DE) SASKIA. *Femme du Maître*. Important et beau dessin, presque de grandeur nature, exécuté aux crayons de couleur.

113 — Sous ce numéro divers dessins anciens montés, non encadrés.

114 — Sous ce numéro dessins en lots.

115 — Sous ce numéro les dessins en feuilles et lots non désignés.

RED. :

17

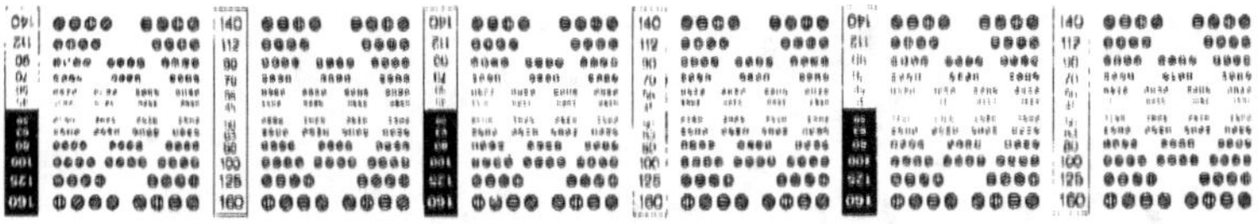

MIRE ISO N° 1

NF Z 43-007

AFNOR

Cedex 7 - 92080 PARIS-LA-DÉFENSE

graphicom

0 1 2 3 4 5 6 7 8 9 10